ユニヴェール5

曼荼羅華の雨

加藤孝男
Takao Kato

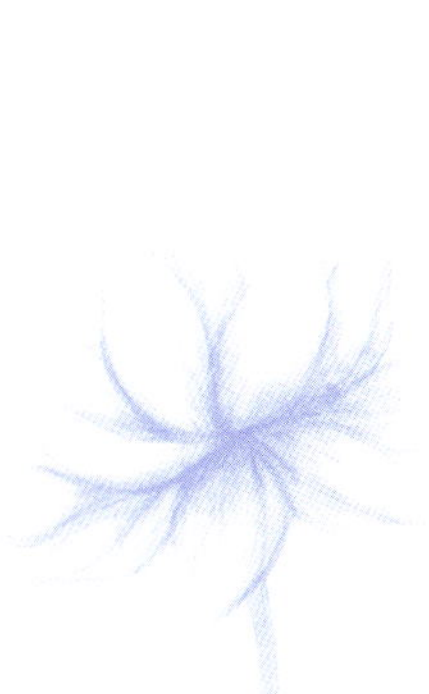

書肆侃侃房

曼荼羅華《まんだらけ》の雨 ＊ もくじ

装幀・装画　宮島亜紀

曼荼羅華の雨

銀河詩篇

この澄んだ地球の外にあるといふ耳のごとくに開いた宇宙

NASAのみが世のさびしさを探査してゆくへもしらぬ恋の心は

言霊ははじめにありき億兆の銀河はものをいはず渦なす

ハッブルズ望遠鏡の映し出す蒼きうなじのごとき星々

地球より離りて孤独の火となれる宇宙望遠鏡のなかの神々

神を生むひとの頭脳に左右《さう》ありてふたつの神がはじめにありき

遠くとほく旅をして来し生命の恒河《ごうが》を下り人はさびしゐ

アンドロメダ大星雲との衝突も四十億年の後にして夢

超新星ふたたびカオスに戻りゆく一つの星が滅ぶるときに

宇宙図の中心に泳ぐ鱧たちの骨は切られて化石の火花

マゼランの南半球に在りしときみつけし星雲なれば若かり

今宵ふる銀河のなみだ突風に傾きながらさむき網膜

クレーター環のなかに充ちるものあれば宇宙膨張説をうべなふ

倒木の根もとに生ふるひかり苔《ごけ》そこより宇宙は縦横無尽

地球照《アース・シャイン》

ハナミズキ巻けるしら花ひとひらのその渦のなか銀河はひかる

火惑星　氷惑星　水惑星　煉獄のごとき惑星たちよ

胎蔵の地中曼荼羅　地下深く伸びゐる東京の姿を見しむ

投機家にもてあそばるるくにひとつ津波のまへの苫屋《とまや》のごとく

高層をきそひて伸びるビル群の蒼穹《そら》なる愁ひを反射してゐつ

断食の境地にも似てすがすがし経済破綻ののちのアメリカ

この空のみえざるあたり宇宙駅あはれ人らのもつれもつれて

群青の水の球体浮かびゐてその網膜にひとら諍《いさか》ふ

われらみないづこへむかひてゆくならむ惑へる星に子孫を残し

月球儀に泪の如くに滲みゐて〝風の大洋〟〝静かなる海〟

その昔月に刺さりし宇宙船墓標となりて今宵満月

寂光を連れ

熱帯魚みづいろの海をくぐりゆく冷えしシャンパンを口に運べば

犬の蚤　猫の蚤より高く跳ぶかかる真理をつきとめし人

対峙する世界を超えておのづから無へとなりゆく境を願ふ

柳田の学は済民の学なりと経世済民の学こそ遥か

江戸仏師光雲の鑿のあと冴えて展示室を出づ寂光を連れ

人生の極みのごとく飲みあかす相照らし合ふ人と並びて

魂を映す短編一つ残し世をさらばさも清《すが》しきならむ

同窓会名簿の葉書に永眠と記しをき一つの時代終はらしむ

尖る眠り

眠られぬ夜の不安の尖端に青き岬のありて尖れる

根の生えしふかき眠りに赴かば植物たりしむかし思ほゆ

植物の胚珠のうちの空《くう》にして紺にひろがる宇宙を映す

よりあへる無意識太くたましひの根つこのあたりに眠りはあるらし

風なりき滅びるものを滅ばしめ遠く月をも吹き転がせり

垂直な砂の乳房はピラミッド　風触れ行けばかすかに尖る

蛇の腹　舗道をゆくはまぶしかりその流線の踊れる力

うちひそむ邪心一つを殺したり楓一木《いちぼく》は雨に洗はる

街なかは洗浄機内の皿のごと驟雨に洗はれ鬱の日終はる

安逸な民とし下流を生きむとす曙覧、良寛に倣ひながらに

通勤の折に眺むる藤ばなのある日剪られて時はくらしも

藤なみのゆたけき花と並び咲く微乳のごとき房を愛しむ

貧によりますます韻律を研ぎすますます研ぎ師白秋の大正を恋ふ

天山を越え行く鶴よ脚を垂れ思ひのすがたの風にもなりて

伊勢講

人間を超えたるものがよぶといふマルローも見し伊勢の大杉

神代より飛来するもの呼び寄せて深更のサッシは薄明かりせり

真東に歩みつづける旅としてみずからの身にけざむく向かふ
歩むとは苦しくもなき行にして折々にみる風のまぼろし

ふかまれる闇の速度はあらたしき川床にくだる水を聴きつつ

倭姫のもとめし伊勢の神風にほてりし脛の毛までも吹かす

街道に妓楼《ぎろう》七十の風廃墟　古市《ふるいち》の名さへいまはまぼろし

伊勢の神のすずしき顔にゐるらしき現世利益の他にしあれば

苔のまつげ

富士川は冬銀箔に包まれるその箔の縁《へり》に触るる鳥たち

六角の塔の頂き雪流れ地上の苔のまつげをぬらす

もうすでに廃墟とまがふ新棟の鉄骨の上に淡雪流る

美しき馬のたてがみおもひつつ薄くれがたに馬の肉食む

寒冷紗まなこつぶれば冬空にきらめきて消ゆわがこころざし

酔ひ深くおもへば生も死もなくて天上にある貌のなき月

全身の棘をふるはすはりねずみそのうらがへしの衣をまとふ

利とむすぶその営みをかなしまむあるかなきかの生はしぐれき

愛あれば淡く切なく消えてゆく硝子《ガラス》の窓に口づくる雪

けだかかる冬常念の尖り立つわがたましひのゆくべきところ

翼もつ玄奘

玄奘の訳せし般若心経の空《くう》のごとくに広がれる空

西域にゆきてかへらぬものたちよ玉門関こそ風に壊《く》えたれ

白骨を道しるべとなし夕ぐれの天山山脈に斧のごとき月

タクラマカン沙の上ゆく死の影の或る日は伸びて日盛りの沙

青き死を洗ふ流沙の紋様のあしたに閉ぢてゆふべにひらく

瓔珞《やうらく》の月光《ぐわつくわう》菩薩立ちゐたり夕べの余光に耳朶を濡らして

山峡の湯

我が生に青沼ほどの光あれ一羽の鷺が降り立つほどの

衰微とやよりあふ皺のうつろひに水とて老ゆる夕まぐれどき

かつてわれ西行のごと子を捨てて沙門の粥をすすらむとせし

峨々たりし山峡《やまあひ》のへりをゆく列車青葉は窓をかすかに叩く

激湍《げきたん》を流れのままに下りゆく下山の時代と誰かが言ひき

起きぬけの苦きこころにさびれたる温泉水をひとくち飲みぬ

連嶺の迫りて空の狭きかな飛驒とふ馬の飛べる牧場の

水郷の古川に来てやすらへる鯉は太りて弾けむばかり

蘆刈り

おそらくは汚染されたる野菜かとおもひつつ食む日々の夕餉に

群雀来ざる庭には音もなく放射性物質の動く気配す

セシウムに汚れし海の沈黙にわれらのなべて耳目を鎖す

日本の滅べるかたちいかならむ朴の朽ち花鮮やかにして

「葦刈」といふ物語あはれなりうらぶれながらもたかき心を

天上の雨たち雨は白微光の世界を旅せし帰趨の姿

夏の輪郭

かへらざる夏の輪郭とらへがたし柳は風にみだれて吹かる

憂愁の音をききたり川風のすずしきあたり夏は砕けぬ

吟醸の冷や酒飲めば飛騨川の浅瀬のやうなる味はひのして

蒟蒻の刺身のごとく冷え冷えと秋の気配は背後に迫る

黙すれば黄金の野はかぐはしく口をひらけば寒きこの世ぞ

蒼き海峡

霜月の上海にをり茶房の名シャードゥは夏にひらく花びら

群青の水域めぐる言の葉を封じてゐたる唇さむし

〈反日〉のデモありといふ街角に日本語をもて話しはじめつ

パスポートに埋め込まれたる略号のわれと李《リ》征《セイ》氏とを隔てる

電脳のつながらぬ夜の雨繁く隙間だらけの人間《じんかん》を生く

魚族

水槽の魚は鱗を光らせる都会に忘れられたるものら

置く霜のごとき錠剤をテーブルに並べて寒きひと日に沈む

襟さむくオープン・カフェのまひるまを思考の外にいづるは難し

汗をかくトム・コリンズのグラスには遠松風の音のみきこゆ

閉ざされし水族館の硝子窓　劫初われらはなべて水族

娘の名志麻は志摩なり美《うま》しくにふところ深く海をもつくに

ふれるとき悲しき顔をする娘　手の甲にあるガングリオンを

日盛りの芝生に動く三輪車　子は裏切りの翼を隠す

雪は白　若葉は緑と詠むなかれ戸外をすべる暁のいろ

美しき死にざまの一つに数へられ冬山ふぶきのなかのわかき死

冬の日の緋のセーターに浮かび来る小笠原賢二のくしやくしやの顔

ゆめまぼろし

天空を光りながれて地を浄む吉事《よごと》のごとき元日の雪

春潮のまるくさわげる離島へと雪舞ふ蔵の酒を携ふ

うつつなるこの生よりもふかくして春の兆しをまてる梅林

秀吉は聚楽の城を築きたりあまたかなしみに耳傾けず

愚かなり賢治の描く山猫の裁判といふをわれも起こせり

風雅をばわれのよすがと思ひきて風すさぶ日のわが耳さぶし

乱世にあこがるるなかれ敗将は妻子を売られ落剝に生く

木々の葉を落とす冬木の潔癖を美しとしてわが冬を終ふ

茫々とゐる

春雨に長岡の街洗はれて清き山並見し目にくらし

『堕落論』読みてこころは震へたり淪落といふ言葉尖りて

雪景色荒くさみしく斑《はだら》なり春のことぶれを誰か伝へよ

うす曇りかすめるうみのその先に核弾頭のいくつそびゆる

はうぼうの刺身の淡き味はひの茫々《ばうばう》とゐる寿司屋の午後を

天上の星々ふかしこの島に黄金《くがね》のいでて栄ふるむかし

流竄

荒海の天上銀河は夢に垂れ流竄《るざん》の生をはつかに照らす

大佐渡に大陸の影重ねつつ太宰治の佐渡行かなし

波のへにまぼろしの峰あらはれて流され人らをかく出迎へし

早春の山たそがれて白鯨のごとくも沈む大佐渡の峰

真野の森小雨は過ぎてしづまれば順徳の殯《もがり》の宮を吹く風

さいさいと白銀の雨をしみなく精錬工場の廃墟を濡らす

あやふかる断崖のうへ跳坂《とびざか》に与謝野寛の歌碑しづかなり

尖閣湾するどき光の流れたりその剝落の海の爪痕

大佐渡の首すぢあたり南下して腋下のあたりのゆふぐれとなる

やはらかき翼を天にさしいれてうらわかき朱鷺の朱なる風切り

うす墨の海へ金沙をしたたらす草木の靡く佐渡の北限

つかのまに冬日も暮れて潮騒の賽の河原の石ころを愛づ

夢剝落

ゆふぐれと夜とのあはひに帰りゆく潮《うしほ》のごとく生は束の間

残生の危ふさいまだ知らずして箴言いくつを座右に残す

帰らむとするは何処ぞ暖流は淡く崩れて寒きゆふぐれ

乾きたる月の大地を豊饒の海と名付けし人のこころは

父　夫　息子のまへにかしづきて三従といふ言葉も死ぬる

陰の気をみてうきうきと能をなせ「風姿花伝」の秘技は伝ふる

札束も黄金《くがね》も家もなにせむに死へもちゆくは魂《たま》ひとつにて

わが死なば地に汚れたるたましひもゆかむ六等ほどなる星へ

秋鈴

一群の曼珠沙華田へ傾きて火をはなつべき我執ひとむら

「落窪」を最晩年に訳したる氷室冴子の筆冴えわたる

足うらにつく飯粒にたとへられ取れども食へぬ学位賜はる

家族とは茨の香りに満ちながらふとかなしみのなかに融和す

夜半を吹く野分にしをるる白萩の朝のメトロにをみなら眠る

秋を観ず七輪のうちを覗きゐる炭あかあかと生きて燃ゆれば

せせらぎに遊ぶ家族をつつみゐる第九条の如き焼雲

燃える歳月

一本のワインはテーブルに立ちながら垂直にして燃える歳月

異常なる水のふるまひ夜半すぎに出水となりて人を襲ひき

働くはかなしみに近づくことなりと若かりし日の思ひかすめり

美しきビルの背なづる陽光のそのうなじまで染めあげてゐる

うすやみに脚立《きゃたつ》はみえて死の順位筆頭にたつ父の背うごく

半生の反省苦くくちびるにはつかに触るるエスプレッソの泡

風のごと百年は過ぎみずからの言葉に囚はれひと日は過ぎぬ
一日をひと文字として読むならば五十ページにみたざる一生《ひとよ》

一生にみたりの妻と暮らしたり揺りかごの詩人の銀の苦しみ

〈大甚〉に飲みて堀川端へ行くすがすがしかる柳を愛でに

娑婆苦

枝々はときに銀沙をしたたらす沙漠のやうな娑婆苦《しやばく》を生きて
銀河より晩夏の雨は地にそそぐ夏の愁ひを浄めるごとく

角《つの》は鹿　鱗は蛇を模写しつつ応挙の龍は生きてうごめく

舌の上に小豆《あづき》の甘みはくづれゐるさざれ水とふ菓子を賜る

ベトナムの泥のなかより咲き出でて瀟洒な香りをもてる蓮華茶

いふなれば言語の起源は差別にてさむざむとみゆ尖る語彙たち

歯を磨くときに犬歯のうらがはのすずしくありき今年の夏は

はつなつの日射しの匂ひをなつかしむ麦焼酎の炎の時間

夜のサッシにぶつかりおつる虫たちのかすかな音にもこころ痛めき

灌木の雑木林を下りきて切り売りされし土地をみてをり

海の閃き

あからひく日向の雨は春さきの風にふかれてかなたよりくる

いにしへの歌びとのごと海浜の宿りすずしくひとりのわれは

さやかなる漁港もみえて日向灘するどき光に今朝はむかへり

雨はこぶ風の漁港を歩みゐてわがかへるべき海の閃き

ややあまきサボテン酒などのみをれば喉滑りゆく棘の記憶は

死の翳

松阪の一夜は寒の戻りゐてふるへつつあふ君が亡骸《なきがら》

年の瀬に会ふこともなくひとひらの葉書に済ますみづからに悔ゆ

令息を亡くして命を縮めにき宿命の連鎖と呼ぶものありて

色は即　空なりといふそれゆゑに数多の色が今宵滲めり

竹影の欄干の塵を払ひゐて変はらぬものなどあらずこの世に

死するとは甦ることまひるまの青葉若葉が光をたたく

砂嵐

扇動家アラファトの声夕晴れに妖しく響きゐたる忘れず

若人も客引きもスリも吸ひ寄せて雑踏のある街の磁力に

マホメットの垂れし教へを骨としてこのくにびとを豊かならしむ

東方に神なきくにのあるといへば苦しむくにと彼らおもはむ

薄暗き研究室に残りゐて砂嵐《ハマシーン》に荒るる街をみつめる

アンマンゆバグダットに入る記者のあり今宵深々と酌みて飽かずも

開戦は巨大な闇をのみこみて勝ちたるものが光となれる

空爆もやむなしといふ選択の憎しみの環は地上を縛る

アラベスク模様に動く沙の河さわめくあたりに棲める蠍は

食料品売り場にありて目元まで黒衣につつむ妖婦の眼《まなこ》

魂は雨期

流れゆくもの清らかな手触りのフロントガラスに触れる夜の蛾

幻影を追いかけ路傍に野垂れ死ぬドクトル・ジバゴの末期羨しく

墨の愉楽　殊に太かる筆をもてかすれるほどに書き散らしたき

魂は雨期に腐りてゆくものぞこの国は雨期人よかなしめ

政治とは身振りの大き俳優の寸劇としてわれは楽しむ

教師はをれど育師はをらず教育の二字ある妙をいふ人のあり

三割をこゆることなき人間の力は打率のみならずして
港《ハーバー》を流れる風を背に受けて折りたたみゐる弱き翼を

群鳳

生きるとは儚きひびきさざんくわの花びらは落つ淡き地上に

風の日の隠者と思ふ広き窓藍ふかまれる空を怖れつ

颪に押されるとき快楽の表情を瞬時に見せて歩み去る人

「鳳は群れず」と墨にかかれゐて文人の孤愁を眼《まなこ》にたどる

銀笛に触れたる息は緩く疾《と》きテンポをもちてわれをくすぐる

短歌とはすさびの楽と思ふ故すさめるわれを音に喩へむ

地下鉄の吊り広告に躍る文字日々新しき言葉の廃墟

はりつめし議題と議題を渡るとき丸太の橋となるをさびしむ

箔のごと剝がれてこころありたればコーランの詩句をくちずさみたり

波切

春浅き波切《なきり》の海はかたるらく甦りこそ天の楽章

灯台に臨めば光を吹き上げて大王崎の海が笑へり

白き漁船揺れて集ひぬ帆柱が安らぎの形に並びゐる湾

平穏な日々などあらずさうさうと風わたるとき眼は寒し

わが耳は風に従ふゆめゆめにわれに倣ふなといひし人はも

風光にとけつつわれをあそばしむ波切漁港のふかきしじまに

波切社の鯨の石も鎮まりて風新しき苔を擦過す

波がしら尖りてあれば人間が死したる後も尖りてあらむ

舌の記憶

赤煉瓦の旧領事館こそ美しき百年の歳月は殊に淀むとも

日本の淡き心になつかしき儒教の世界が生きてそこにあり

韓半島に渡りし後の鉄幹の空白の時を思ふ夜半にて
焼酎の甘き味など韓国の表層をなめし舌の記憶か

わが夢は日ごと乱れて日本の日常をみす危ふきかたちに

李舜臣の像は木浦《モッポ》の丘にたつ睨みゐる方に日本がありと

来歴

池におふる真菰は風に音もせず水鳥の雛をふかく眠らす

胎中にうごめく吾子の顔写真集めて妻のまなこすずしく

空の藍五月あひより声をあげ風あをき季節に汝はうまれし

蒼穹に生まれし藍の剝落のそのひとひらとなりて飛来す

風あをき季節を背中にはりつけてさむき地上に汝は至りぬ

ベビーバスに浮かぶ裸身の輝きの一糸まとわぬものの重たさ

聡明な目よといはるるかなしかり慈悲あるまなこをはぐくみてゐよ

子の生きる世紀は冷えて待ちゐたり茫漠とわれは立ちつくすのみ

児の貌の紫陽花色に移ろへばわれまた妻の幼顔映す

高遠湖うすずみいろに暮れゆきて妻と吾とゐる此岸の辺り

流転

師走への仕事を忘れ一台のプリウスのゆく坂に従ふ

雪の降る冬枯れの草にやはらかく吾子の下歯の生え初めてゐる

さみしきは眠れるはずの子の起きて萎れるゆふがほの表情つくる

眠りたくなしといふ子を眠らせて銀幕の恋ひとつ見終へる

戯れにヨーガの魚のポーズして流るる水魚のいにしへを恋ふ

ワニの口に頭を入れる奇芸さへ時にこころを踊らせるもの

跳ね返り脛のあたりを搏ちやまず地をたたきゐる豪雨の鞭が

風景を縫ひ閉ぢむとて降りいそぐ雨の平針三丁目ゆく

ロールシャッハの蝙蝠《かうもり》のごとく天井に一つの染みははり付きしまま

売れ残るマンション売りにくる人の声は夢まで追ひかけてくる

寒冷紗

榊葉に酒をふくませ唇をなでつつ真白き棺にむかふ

死後もちてゆくたましひのすがしさを束ねて銀河宅配便は

銀嶺の美しき谷を渡りしか　旅ゆく父よ我に伝えよ

去来するものはすくなし死といふは時を奪ひてただにましろし

はらわたのなかに宇宙はありといへど魂のゆくへ何処と知らず

わが父の盛りの日々もみゆるかな我も昭和に手触れしひとり

この父の人事の縦糸横糸のあやなせるさまをわれは受け継ぐ

とどまれるたましひはなき夕風の滑り台から雛は溢れて

末期癌秋空すべる小鳥たちかかる愉快な生の終はりは

死後もちてゆく魂を清らかになせと教ふる辻説法は

時を飾る

微量なる砒素のごとくに微笑みて翳りゆく時間の速度いとしむ

飾るものなにもなければいにしへの柱時計が時を飾れり

ボタン一つに地上の獄を離れ行くエレベータは最上階へ

スコッチの樽の時間はかぐはしく炎の時間より華やげり

銀色のフォルクスワーゲン万緑のなかとどまらぬものとしてさる

ミミヅクの耳よりさむき世間かと夕べは蒼きニュースに見入る

存在はつきかげほどに光ゐて一ナノミリの愁ひを落とす

哺乳綱霊長目は二十四時不安定なる生き物なるに

冷ややかな知はあやまたず正確に身体を時計に譬へしカント

脛ほそく鶴の眠れる浅瀬みゆ　ましろき夢が風に吹かれて

老成の時代を生きてさみしかり浅瀬にしぶきの音もきこえず

サーモンの燻製は舌に溶けながら十九世紀の余光さみしく

イスラムの神より仏の面ざしのつかのまやさしく映るゆふまぐれ

人間の拠るものなべて水流のたとへば地位にしがみつくもの

抜けさうで抜けぬ吾子《あこ》の歯ぐらぐらと増税論議の国会に似る

鯉のぼりみつけし娘の目の先に大人のみえざるものらがゆらめく

子のいへる龍のごとしといふ雲に髭のあるこそたのしかりけれ

人生に三度結婚せしことを羨しと思ふ空穂、白秋

折りたたむ傘を開きてまた閉ぢる遊びのごとき人生に老ゆ

一振りの剣

清浄な銀河ならずや子のこぼすミルクは寒き床を流れて

グレゴリオ聖歌のひびくゆふぐれをうす闇うすき耳に触れたり

われも子もマリアのこゑをしらざればアリアのこゑにゆふぐれ黙す

あてどなきこの好奇心病犬の鼻のごとくに乾く日のあり

天地《あめつち》を斬り通すほど切れ味の冴えし剣《つるぎ》の一振りが欲し

稽古とは古《いにしへ》を稽《なら》ふことにして古ぞよきといふことはなし

合戦の前ねむられぬもののふを思へば死とは一息のこと

武士道は死ぬことならずしんとして澄める境を知ることなれば

覇気あれば宙《そら》の銀河は胎蔵に渦巻く如ししろがねの夜に

文と武のゆきあふ形さびしきや蛇みづからの尾を咬みて耐ふ

美しき負け

曼荼羅華《まんだらけ》の雨は世界を包みゐて遠く忘れし日々甦る

人間といふ百年の水時計　淡青《たんじやう》はそのはじまりのいろ

かつて火星にからき鹹湖《かんこ》はたたへたり生命の帯無数に伸びて

彫られたる沙の文様火星にも生動をせる神々のある

有人の火星旅行は新たなる流刑の如くかなしみぞ湧く

たましひは転調をなしすべりゆく銀河に満ちる時間のなかを

寒天に天の銀河を押し込めて二百億個の太陽さむき

地球より新幹線に乗りゆけば太陽までの八十六年

冷え冷えと信濃ワインの歯に沁みてみすずかるくにの人なつかしく

極寒の日はゆるびゐて生と死は冬から春への揺らぎをもてり

さまよへる人工衛星の破片すら冴ゆる如月の暁暗のころ

春疾風《はやて》吹きすさぶ昼の夢醒めて淡きひかりを窓に残せり

砕けたる川波もみゆ天の川その源流にゆきし人なし

彗星の尾の光跡のあとかたもなくて蛍の命は長し

稲妻に死化粧の街照らされてつかのま大地暗きに戻る

人生に美しき負けのある如く稲光りする街をみてをり

世々のこと胃の腑のあたりに感じゐてあはれを知れる齢《よはひ》と思ふ

地球照《アース・シャイン》はつかに月の裾照らすほそぼそとして寒き人間

老いるほど億劫《おつくう》なこころを切り捨てよすさまじき火をこころに点じ

西暦の三千年はいかならむ巨大電脳社会か沙か

沙漠こそ地軸へ落ちる砂時計　恒沙《ごうしや》の時を刻みてしづか

人生は沙漠によりあふ沙の紋《もん》　永劫《えいごふ》に閉ぢかへることなし

あとがき

『曼荼羅華《まんだらけ》の雨』は、『十九世紀亭』(砂子屋書房)、『セレクション歌人13　加藤孝男集』(邑書林)に続く私の短歌作品集である。タイトルにある「曼荼羅華」は、仏教用語で、天上に咲く白い花のことをいう。仏が出現するときに、天上から降るとされる。短歌は、曼荼羅華の雨のように、芳香を放った伝統詩である。

私は長い間、歌集を編んでこなかった。第一歌集『十九世紀亭』を出版したのが、一九九九年のことである。その後、邑書林から「セレクション歌人」の話を頂き、二〇〇五年にその一冊を上梓した。これは、第一歌集の全部と、それ以降の新作をふくんでいる。

この『曼荼羅華の雨』は、「セレクション歌人」と、五年ほど時期が重なってはいるものの、同じ歌は収めず、一九九九年十月から二〇一三年三月までの作品で構成した。大方の作品は歌誌「まひる野」に発表されたものである。

二〇一三年までとしたのは、私のすべての歌に目を通してくださった鈴木竹志氏の助言に従ったからである。私は、この年の四月に、ロンドン大学客員研究員として、渡英した。それ以前と、以降とでは、生活も意識も様変わりしてしまっている。

思えば、第一歌集を出版して、歌への思いが冷め始めていた私に、再び歌う機会を与えてくださったのは、篠弘先生であった。先生は、出版社を退職され、名古屋の大学に赴任されていた。ある時、島田修三氏と三人で会食した折に、ふたたび歌を詠むことを強く促されたのであった。これ以降、私の所属する雑誌の一欄である「まひる野集」の巻頭に拙作を置いてくださって、今日まで叱咤しつづけてくださっている。私が本当の意味で歌に没頭したのは、この時からである。

鈴木氏の選歌に従って多くの歌を取捨した。さらに、田村ふみ乃さんに、二百首あまりを削除してもらって、ようやく一冊を編むことができた。貧相ではあっても一冊にすることができたことは幸いなことだ。

今回、この原稿を田島安江さんの手に委ねることにした。田島さんは詩人であり、書肆侃侃房の代表でもある。どのような本にしてくださるのか楽しみである。

短歌結社まひる野の諸兄姉、ならびに表文研の仲間たちの長年にわたるご交情に対して感謝すると共に、今は亡き旧友たちの霊前にこの歌集を捧げたい。

二〇一七年八月

加藤　孝男

■著者紹介

加藤 孝男（かとう・たかお）

1960（昭和35）年、愛知県岡崎市に生まれる。

1984年、窪田章一郎主宰「まひる野」に入会。中京大学大学院文学研究科国文学専攻博士課程満期退学。博士（文学）。「言葉の権力への挑戦」で現代短歌評論賞（1988）。東海学園女子短大国文学科助教授、カイロ大学客員教授、ロンドン大学客員研究員（School of Oriental and African Studies）などを経て、現在、東海学園大学人文学部教授。

歌集に『十九世紀亭』（1999）、『セレクション歌人13　加藤孝男集』（2005）。著書に『美意識の変容』（1993）、『現代歌人の世界8　篠弘の歌』（1996）、『近代短歌史の研究』（2008）、『短歌と俳句はどう違うのか』（2011）、『詩人西脇順三郎　その生涯と作品』（共著、2017）、編著に『新編　二十歳の詩集』（2003）など。表文研（表現文化研究会）会員。現代歌人協会会員、日本近代文学会会員。俳句雑誌「伊吹嶺」名誉会員。

抜刀術、兵法を柳生新陰流二十一世柳生延春宗家に、合気道を神之田流宗家、神之田勝則師範に習う。論文に「古武術の身体　—柳の風景が象徴するもの」（2011）、「三島由紀夫の剣　—〈文武両道〉から〈菊と刀〉へ」（2017）など多数ある。

まひる野叢書348番

ユニヴェール5

曼《まん》荼《だ》羅《ら》華《け》の雨《あめ》

二〇一七年九月一日　第一刷発行

著　者　加藤 孝男
発行者　田島 安江
発行所　書肆侃侃房（しょしかんかんぼう）
〒八一〇・〇〇四一
福岡市中央区大名二・八・十八・五〇一
（システムクリエート内）
TEL：〇九二・七三五・二八〇二
FAX：〇九二・七三五・二七九二
http://www.kankanbou.com　info@kankanbou.com

DTP　黒木 留実（BEING）
印刷・製本　株式会社インテックス福岡

ISBN978-4-86385-274-7　C0092